God Made the Leviathan.
Dios Hizo El Leviatán.

The dragon, that serpent of old, who is the devil and *Satan. El dragón, la serpiente antigua, que es el diablo.*

Maryluz Guerrero

Author's Tranquility Press
MARIETTA, GEORGIA

Maryluz Guerrro /Author's Tranquility Press
2706 Station Club Drive SW
Marietta, GA 30060
www.authorstranquilitypress.com

Publisher's Note: This is a work of fiction. Names, characters, places, and incidents are a product of the author's imagination. Locales and public names are sometimes used for atmospheric purposes. Any resemblance to actual people, living or dead, or to businesses, companies, events, institutions, or locales is completely coincidental.

Ordering Information:
Quantity sales. Special discounts are available on quantity purchases by corporations, associations, and others. For details, contact the "Special Sales Department" at the address above.

God Made the Leviathan/ Maryluz Guerrro.
Hardback: 978-1-959453-78-9
Paperback: 978-1-959453-79-6
eBook: 978-1-959453-80-2

Once upon a time in a land named Uz, there once lived a boy named Zophar and his best friend Elihu. As Zophar and Elihu were swimming they watched some fishermen struggle for many hours trying to pull the leviathan with a fishhook, but the fishermen were not able to pull it. They tried to tie the leviathan's tongue with a rope among many men, but they couldn't. Zophar and Elihu asked the fishermen if giving the leviathan a treat will calm it down and make it obey, but the fishermen said they tried it before and it didn't work. Then they asked the fishermen if they were to give the leviathan their baseball and soccer ball would the leviathan be happy and play with everyone. The fisherman replied that it wouldn't work. The boys saw the leviathan's strength and left scared to the shore.

Erase una vez en la tierra llamada Uz, vivió un niño llamado Zofar y su mejor amigo Eliú. Mientras Zofar y Eliú nadaban, miraron unos pescadores batallando por muchas horas con el leviatán, trataron de sacarlo con un anzuelo pero no pudieron. Despues quisieron amarar su lengua con una soga entre muchos hombres, de nuevo fracasaron. Zofar y Eliú preguntaron si quizas con golosinas podriá calmarse y obedecer, y dijeron los pescadores ya lo habian intentado y no funciono. Despues pensaron que si le daban su pelota de béisbol o fútbol el leviatán estariá contento y jugaría con todos, pero los pescadores dijeron que no serviría. Los niños vieron la fuerza del leviatán y temerosos fueron hacia la orilla del mar.

The Ear of the Land
Terror is a Throne

Lord

Meanwhile, in the land called England, some knights tried to put a hook into the noses of several leviathans, but they couldn't. Then the knights tried to pierce the leviathan's jaws with a hook, but they couldn't pierce them; they were too strong. The leviathans were not friendly with the knights, but dolphins were. The leviathans never begged for mercy.

The children near the castle where the knights were asked if they can throw bones to the leviathans and trap them in a giant cage, but the knights said it would not work. They asked the knights if they can show the leviathans their carousel toy so they can play and become friends, but the knights said it would not work either. They asked if they could give the leviathans some blueberry pies and maybe that way, they can all be friends. Once again, the knights denied the children's givings and said the leviathans will not be friends with anyone. "I will play with my puppy and my parrot," said one little girl while she walked into the castle.

Mientras, en la tierra llamada Inglaterra, los caballeros trataron de poner un anzuelo entre las narices de varios leviatanes y no pudieron. Despues trataron de traspasar las quijadas de ellos pero no pudieron, eran muy fuertes. Los leviatanes no eran amistosos con los caballeros como los delfines. Ellos nunca suplicarian misericordia. Los niños en el castillo preguntarón si podian tirarles unos huesos a los leviatanes para atraparlos en una jaula gigante de perros y los caballeros dijeron que no funcionaria. Les preguntaron si podian dar tarta de arándanos y quizas todos podrian ser amigos. Una vez mas los caballeros negaron los regalos de los niños para los leviatanes. Los caballeros dijeron que los leviatanes no van hacer amistad con nadie. "Jugaré con mi perrito y mi loro," dijo una niña mientras entraba al castillo.

While the knights were fighting in England, there once lived a man in a land called Japan who also struggled with a big leviathan. This leviathan was swimming along with the seahorses in a small little lake. A little girl near the village wanted to take the leviathan with her as a pet, like a bird in a cage, but the leviathan was too big and strong. Thus, she left home with only a seahorse. The little girl marveled at how similar the seahorse looked like the leviathan. The next day the little girl still yearned to have the leviathan for her as a pet. "Can I now have a leviathan father?" she said. But her father said it will be impossible; so, the girl continued dreaming of the day that when she grows up she will have one of her own.

Mientras los caballeros batallaban en Inglaterra, en una tierra no muy lejana llamada Japón vivio un hombre que luchaba con un leviatán. Este leviatán nadaba junto con los caballos del mar. Una niña cerca de la aldea quiso llevarse un leviatán como pájaro en una jaula pero el leviatán era muy grande y fuerte. La niña se fue a la casa con solo un caballo del mar. La niña se maravillaba en lo similar que se veia el caballo del mar y el leviatán. El siguiente dia la niña aun deseaba tener un leviatán como mascota. "Ahora puedo tener un leviatán papá?" dijo ella. Pero su papa dijo que era imposible; y la niña continuo soñando el dia en que creciera y tendria su propio leviatán.

Elsewhere, in a land called Africa, there was a merchant who tried to put a fishing spear into a leviathan's head to divide him among the merchants at the market to sell, but he couldn't do it. He tried to cut the leviathan's skin with a knife over and over yet the struggle was too difficult; he never tried again. "I will now begin to take the usual sea creatures to the market and stop bringing leviathans," said the merchant. The next day, the merchant caught a giant octopus and he almost got caught by the leviathan while capturing the octopus. The following day the merchant caught a Bluefin tuna fish and a black salmon fish. He later took it to the market. The merchant wanted the leviathan's skin so that he can make shoes out of them, but he couldn't capture the leviathan. Overall, the leviathan was so much stronger than humans.

En otra tierra llamada Africa, un mercador intentó traspasar la cabeza de un leviatán con un arpón para dividirlo entre los mercadores para la venta, pero no pudo. Trato de cortar su piel con un cuchillo una y otra vez pero era muy difcil y ya no lo intentó. "Seguire llevando los mismos seres del mar al mercador," dijo el mercador. El siguiente dia el mercador capturó un pulpo gigante y casi fue atrapado por el leviatán mientras capturaba el pulpo. El siguiente dia el mercador capturó un pescado aleta azul tuna y un pescado salmón negro y lo llevo al mercado. El mercador soñaba con la piel del leviatán para hacer zapatos, pero no pudo capturar al leviatán. El leviatán era mas fuerte que todos los seres humanos.

Sea food
Temanite Market
Shuhite coffee
Jemimah Linens
ALL

Multitudes of pirates feared to awake another leviathan, near a land called Spain. The pirates had no hope that just looking at the leviathan overpowered them; no one was fierce. The leviathan belongs to God and everything else under heaven and in heaven. The flowers which God made are His. He made puppies, elephants and even dinosaurs. "Be fierce!! Be fierce!!" yelled one of the pirates. The one who yelled this was afraid of the leviathan and hid inside a box in the ship. The fearful pirate peeked through the box to see if the other pirates had conquered the leviathan, but they did not. He taught about magic and spells to capture or tame the leviathan, but magic and spells are really bad. The fearful pirate asked the other pirates if he can use sorcery to capture the leviathan, but the pirates said that sorcery is wrong and God does not like that. "Horrible things will happen to you if you use sorcery," said the pirates. "We will fight and if we don't capture the leviathan, it will still be okay. We will just go home," said the pirates. They struggled and became weary; so tired that they sailed home without any sea animals.

Multitudes de piratas temieron despertar a otro leviatán cerca de una tierra llamada España. Los piratas no tenian esperanza, con solo mirarlo se desmayan, nadie es tan osado para despertar el leviatán. El leviatán le pertenece a Dios y todo bajo el cielo y en el cielo. Las flores que el creo son de El. El hizo los perritos, elefantes y aun los dinosaurios. "Sed osados!! Sed osados!!" gritó unos de los piratas. Pero el que gritó tuvo miedo del leviatán y se escondió en una caja en la barca. El pirata temeroso dio una ojeada para ver si los otros piratas habian conquistado el leviatán, pero no habian podido. El penso en magia, brujeria o hechizo para capturar o domar el leviatán pero la magia, brujeria y el hechizo son dañinos y a Dios no le gusta, dijeron los demás. "Te sucederan cosas malas si lo haces. "Pelearemos, y si no capturamos al leviatán, aun asi estara todo bien. Iremos a nuestras casas," dijeron los piratas. Batallaron y se cansaron y navegaron de regreso a sus hogares sin ningún animal del mar.

The leviathan's limbs were strong yet graceful in its form. Its outer coat was strong; no one was strong enough to stir it off. No one in the village had courage to open its mouth. They were all frightened of his ringed teeth. Not even the strongest man nor any animal had muscles as strong and firm as the leviathan's limbs.

Los miembros del leviatán eran fuertes y habia gracia en su disposición. Su piel era fuerte, no habia nadie lo suficiente fuerte para removerlo. Nadie en la aldea tuvo valentia para abrir su boca. Todos temían las hileras de sus dientes. El hombre más fuerte de la aldea ni ningún animal tenían músculos fuerte y firme como los miembros del leviatán.

Far away near a castle, there were two leviathans swimming with their backs of rows of shields tightly sealed together. Each row of shields was so close to the next that no air can pass between them. They are heavily attached to another; they cling together and cannot be parted. Not one, nor two, nor three, but four men tried so hard to take the leviathan's skin apart, but they couldn't. "Well," said one man named Eliphaz, "when they no longer live, we can have its coat, but right now it would be impossible." Eliphaz went on saying, "I can sell its skin at the market or use it for myself. Many years ago, I took the skin from a dead leviathan, and I made a suitcase. Maybe I'll make school book bags for children next time."

Muy lejos, cerca de un castillo, habian dos leviatanes nadando, con sus espaldas de vestidos cerrados entre sí estrechamente. El uno se junta con el otro, Que viento no entra entre ellos. Pegado está el uno con el otro; Están trabajados entre sí que no se pueden apartar. No uno, ni dos, ni tres, sino cuatro hombres trataron de apartar la piel del leviatán, pero no pudieron. "Bueno," dijo un hombre llamado Elifaz, "cuando ya no esten vivos, podemos tener su abrigo, pero ahora sera imposible." Elifaz siguio hablando, "Yo puedo vender su piel en el mercado o usarlo para mi mismo. Muchos años atras escogí la piel de un leviatán muerto y hice un maletín. Quizás haré unos bultos de niños para la escuela la próxima vez."

SURE
God who Sees
Lives me us

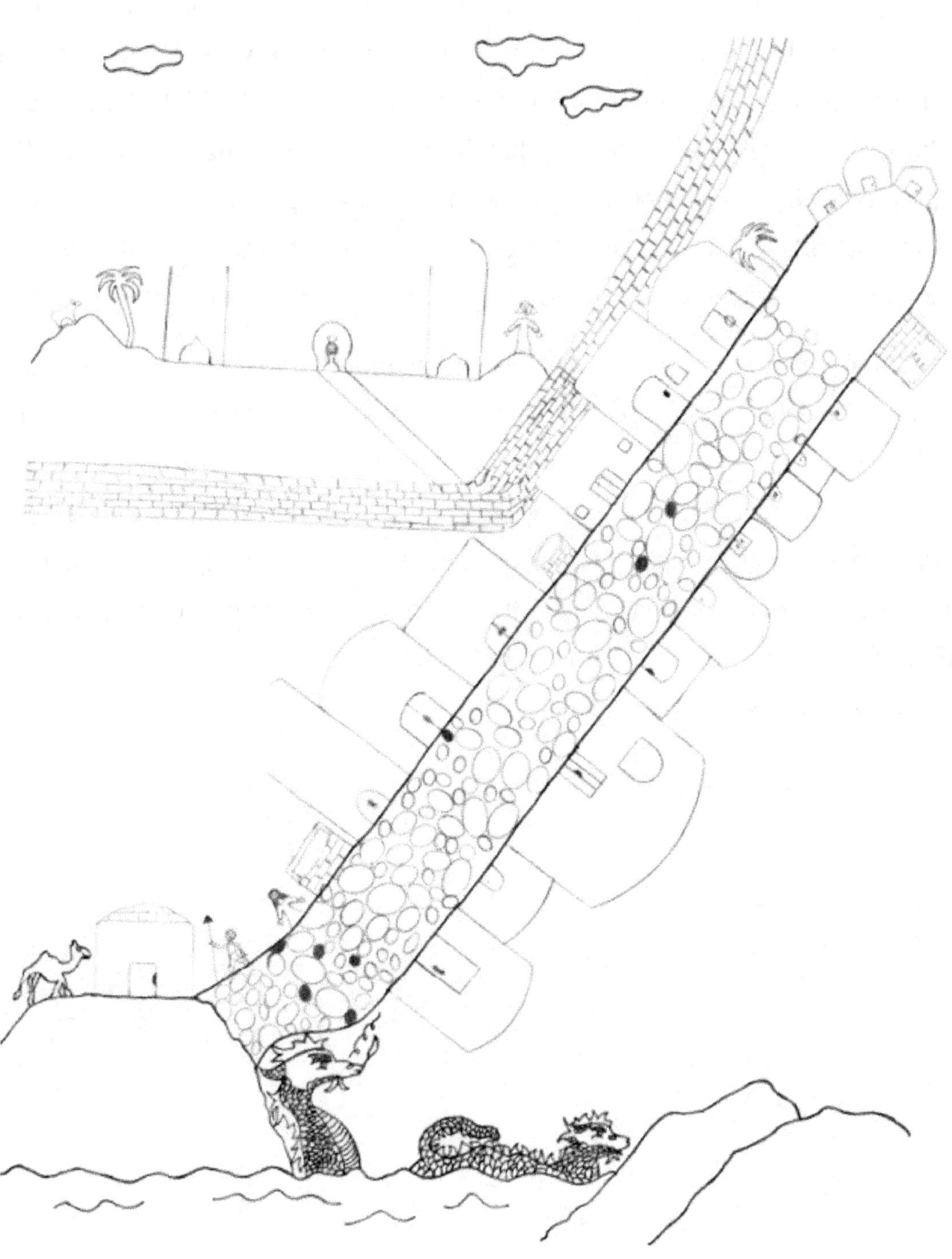

When a boy named Bildad was playing near the shore, he heard a leviathans snorting very loud and yelled to his friend Zophar, "Look Zophar! Flashes of light coming from the leviathan!!" "Yes, his eyes are like the rays of dawn!!" answered Bildad jumping. Bildad and Zophar remembered an octopus which changed colors right before their eyes, yet the leviathan was far more amazing. A fish that inflated to protect itself was still not strong enough and amazing like the leviathan. A sting ray with its tail like a spear was not stronger than a leviathan. God made everything that lives in the water. God wanted the leviathan to have light in its eyes.

Cuando un niño llamado Bildad estaba jugando cerca del mar, el niño oyó el tornudo alto del leviatán. Bildad le grito a su amigo Zofar, "Mira Zofar! Sale lumbre del leviatán!!" "Si sus ojos son como rayos del alba!!" contesto Bildad brincando. Bildad y Zofar recordaron el pulpo que cambió de colores frente a ellos, pero el leviatán era mas asombroso. Un pez que se inflaba para protegerse aún no era tan fuerte y asombroso como el leviatán. La mantarraya con su cola como jabalina aún no era fuerte como el leviatán. Dios hizo todo lo que vive en el agua. Dios quiso que el leviatán tuviera luz en sus ojos.

"There is a fire! Fire!" shouted a woman from afar in a land called Egypt. Many villagers came out of their homes and followed the fire, although oddly nothing was burning. They walked closer and noticed the fire was coming from the leviathan! Streams of firebrands came from his mouth with sparks of fire shooting out! "Whew," said one of the villagers as she wiped her sweat off her forehead, "I was going to run to the well and get water, but it is not necessary, the leviathan is in the water!" she continued. The children from the village were excited to see the sparks of fire. They had a lot of fun and tried to warm marshmallows, but it was too dangerous. The children walked away while looking at the sparks that was shooting from the animal.

"Ay veo fuego! Fuego!" gritó una mujer de lejos en la tierra llamada Egipto. Muchos aldeanos salieron de sus casas y persiguieron el fuego pero nada se estaba quemando. Caminaron mas cerca y notaron fuego que salia del leviatán! Salieron hachones se fuego de su boca con centellas de fuego! "Hay que alivio, suspiro diciendo un aldeano mientras se limpiaba el sudor de su frente; yo iva a correr hacia el poso de agua, pero no es necesario, el leviatán esta en el agua!" Los niños de la aldea estaban exitados de ver centellas de fuego, se divertieron y trataron de calentar los malvaviscos, pero era muy peligroso. Los niños caminaron alejandose mientras miraban las centellas saltando del animal.

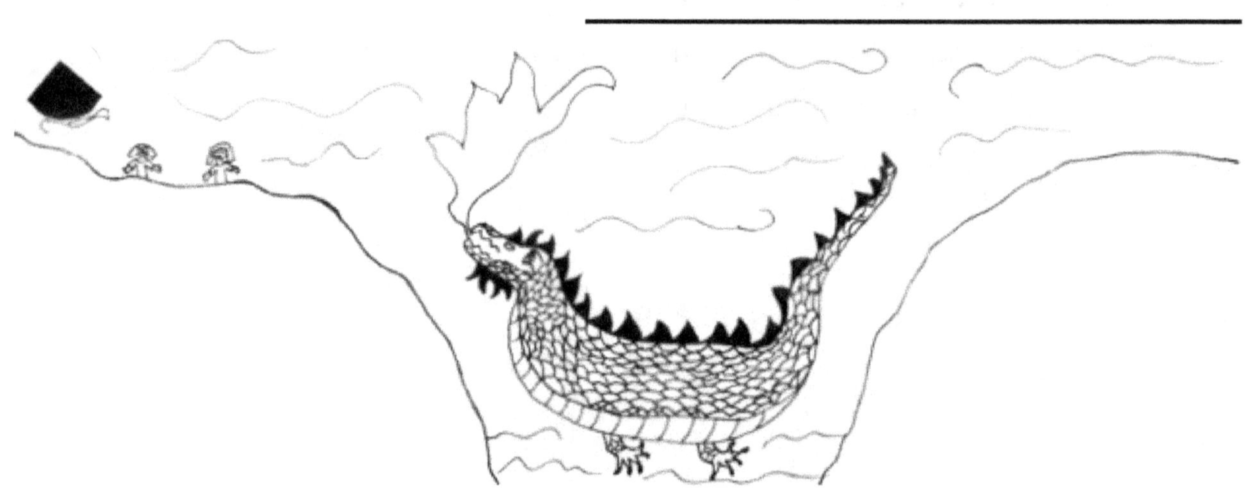

One day, two sisters named Jemimah and Keziah saw smoke inside their home. They both thought that maybe they forgot to turn off the fire after they were done cooking dinner. This wasn't the case. Even though they were both very hungry they decided to leave their home anyway to wait until the food cooled down. Jemimah said, "It could be the smoke of a volcano or the smoke of someone else's cooking."

"Maybe we should walk closer and see what really is happening," said Keziah as she walked away from the camel near her home. As they were walking, they were splashed with water and with mud by a leviathan. After they cleaned their faces full of mud, they noticed smoke coming out from its nostrils! The sisters thanked God that their house was not on fire. The smoke appeared like boiling pot over a fire of reeds!

Jemimah and Keziah left to tell their friends what happened. As they were running to tell the others, they saw their other sister Keren-Happuch on the road who had left to the well earlier. Keren-Happuch suggested that they use ropes to tie around the leviathan's body, but their friends said the smoke will burn the rope. They also said that it will burn the reeds nearby and possibly all the people. "No way!" said Keziah, "I don't want to be dinner for the leviathan!"

A villager came near and said that the leviathan's breath sets coals ablaze and flames that dart from its mouth. The villager saw it once and he ran far away from the leviathan. "What creature doesn't burn with fire, yet this animal gives out flame!" exclaimed a villager. "Only God knows his animals," said another villager.

Un dia, dos hermanas llamadas Jemima y Cesia vieron humo dentro de sus casas. Las dos pensaron que quizas olvidaron apagar el fuego cuando cocinaron la cena. Este no era el caso. Aunque las dos tenían hambre, se fueron de su casa mientras se enfriaba la comida. Jemima dijo, "Podría ser el humo de un volcán o alguna otra persona cocinando." "Quizas deberíamos caminar mas cerca y ver en realidad lo que esta pasando," dijo Cesia mientras se alejaba del camello cerca de su casa. Mientras caminaban fueron salpicadas con agua y con lodo por un leviatán y cuando limpiaron sus rostros notaron humo saliendo de la fosa nasal del leviatán! El humo que salia de su nasal aparentaba como una olla o caldero que hierve sobre fuego.

Jemima y Cesia fueron a decirles a sus amistades lo sucedido. Mientras corrian para avisarles a los demas, vieron su otra hermana Keren-hapuc en el camino, quien había salido temprano asia el pozo. Keren-hapuc sugerio que se usaran sogas alrededor del cuerpo del leviatán pero sus amistades dijeron que el humo quemaría la soga. Tambien dijeron que la caña que estaba cerca y las personas posiblemente se quemarian. "Supuesto que no!" dijo Cesia, "Yo no quiero ser la cena del leviatán!"

Un aldeano se acerco y contó que el aliento del leviatán enciende los carbones, y de su boca sale llama. El aldeano lo vio una vez y huyó lejos del leviatán. "Que criatura no se quema con fuego, y este da carbones! exclamo un aldeano. "Solo Dios conoce sus animales," dijo otro aldeano.

Turning right turning left, searching low and searching high the leviathan's neck has great strength, and dismay goes before him.

A villager named Shem, in East Asia, wrapped a rope around the leviathan's neck hoping he was able to be stronger than any other person in the world. Shem wasn't the only one who tried to wrap a rope around this leviathan; there were many others before Shem. The leviathan was too strong that its neck broke away the rope. After this incident, Shem was taken by the waves only to be found shouting for help near some rocks in another village. Perhaps somewhere else in the world someone might capture the leviathan.

Vueltas a la derecha y vueltas a la izquierda, buscando hacia bajo y buscando hacia ariba el cuello del leviatán tiene gran fuerza y desaliento se esparce delante de el.

Un aldeano llamado Sem, en el Oeste de Asia, envolvio una soga en el cuello del leviatán con esperanza de que el podia ser mas fuerte que cualquier otro hombre en el mundo quienes habian tratado usar una soga como el. El leviatán fue muy fuerte y su cuello rompio la soga y Sem fue llevado por las olas solo para ser encontrado gritando auxilio cerca de unas piedras en otra aldea. Probablemente en algún lugar en el mundo alguien podra capturar el leviatán.

"The leviathan's fleshes are tightly joined together and are firm; they cannot be moved. No fishermen hook can separate its flesh. Neither spears nor darts of javelin has effect on him either. Its flesh is firm and immovable," said Shem.

In another village far away, there was a festival in which boys and girls had costumes of leviathans. These costumes were tightly flesh of fabric and were awesome to play with. Parades in the street and festivity among the village were fun in this festival. Popcorn and cotton candy were tasty. There were even giant wooden leviathans for children to ride on in this festival. The leviathan's see-saws in the near plaza also astounded these children. There were also many cookies the shapes of leviathan for everyone to eat! The children were very happy.

Many made leviathan puppets and others made origami of various color papers. Children drew on the sand while others made models of leviathan out of clay until it was time to go to bed. Some boys and girls placed their clay leviathan by their bed and others slept with their puppets and dreamt of their shows.

Some boys and girls yelled, "Help! The leviathan is coming to get us!" When the grown-ups heard the children yell, they ran to help the children and realized the children were just playing. A few had leviathan costumes on while chasing other children who did not have the costumes.

Every day was a fun day for all the children.

I am
Yo Soy

Cookie Stand
Popcorn

"La carne del los leviatanes están edurecidas; Están en ellos firmes, y no se mueven. Ningún pescador puede separar su piel. Ni espada, ni lanza, ni dardo, ni conselete tienen algún efecto en el. Trataron de mover su carne pero es firme y inmovible," dijo Sem.

En otra aldea lejana habia un festival en la cual niños y niñas tenian disfraz de leviatanes. Estos disfrazes eran con telas ceñidas como la piel del leviatán, era impresionante para jugar. Paradas y festividades en las calles entre las aldeas era divertido. Rosetas de maíz y algodones de dulce eran sabrosos. Hasta habia gigantes leviatanes de madera para los niños montar y pasear en ellos. Balancín de leviatánes en la plaza cercana para los niños jugar. Galletas en formas de leviatán para todos comer! Muchos hicieron marionetas de leviatánes y otros de papiroflexia de varios colores de papel. Niños dibujaron en la arena mientras otros hicieron modelos de barro de leviatánes hasta la hora de dormir.

Algunos niños y niñas gritaban, "Auxilio! El leviatán viene a buscarnos!" Cuando los adultos oyeron los gritos de los niños, corrieron hacia ellos y se dieron cuenta que solo estaban jugando entre ellos. Pocos tenian disfraz de leviatánes puestos mientras perseguían a otros niños que no traían puestos disfraz.

Todos los dias era divertido para todos los niños.

The story of Japheth and his sons was heard in a land called Russia. The villagers there decided to use iron and brass to capture a leviathan who lived nearby.

A man named Japheth gathered his iron and brass and his son's Gomer and Magog went with him. Each had their own irons and brass to destroy the leviathan, yet the animal treated the irons like straw and brass like rotten wood. Sling stones were like chaff to him.

"Magog! Try using darts and arrows!" said Japheth. "Sorry father that the darts, arrows, and bronzes did not work against the leviathan," said Magog. "I understand son; the leviathan laughed when it saw my spear shake," said Japheth, Magog' father. "Maybe if a giant tries to capture the leviathan, he will be able to destroy it," said Magog. "One giant tried to destroy a leviathan when I was your age and he could not destroy the leviathan. The leviathan was too strong and defeated the giant named Talmai. Even if the entire tribe in the valley of Eshcol was still alive today and tried to destroy the leviathan they could not be victorious," said Japheth.

"A leviathan was found dead of old age. The villagers touched his undersides and they were like jagged potsherds. It felt like broken pottery when I touched it. The leviathan left a trail in the mud like a threshing sledge," said Japheth.

La historia de Jafet y sus hijos fue escuchada en la tierra llamada Rusia. Los aldeanos decidieron usar sus hierros y bronce para capturar un leviatán, que vivia cerca. Un hombre llamado Jafet juntó sus hierros y bronces y sus hijos Gomer y Magog fueron con el. Cada uno tenia sus propios hierros y bronces para destruir al leviatán, pero el animal estimó el hierro como paja y el bronce como leño podrido. Las piedras de honda le son como paja.

"Magog! Trata de usar dardos y flechas!" dijo Jafet. "Perdóname padre, los dardos, flechas, bronces y hierros no funcionaron en contra del leviatán," dijo Magog. "Entiendo hijo; el leviatán se rió cuando vio mi lanza temblar," dijo Jafet, padre de Magog.

"Quizás si un gigante trata de capturar el leviatán, el pueda destruirlo," dijo Magog. Un gigante trato de destruir el leviatán cuando yo tenia tu edad y no pudo destruir el leviatán. El leviatán era muy fuerte y derrotó el gigante llamado Talmai. Aunque toda la tribu en el valle Escol donde vivian los gigantes, estuviera vivos hoy y intentaran de destruir el leviatán no podrán ser victoriosos," dijo Jafet.

"Un leviatán fue encontrado muerto de avansada edad. Los aldeanos lo tocaron por debajo y se sintió como agudas conchas. Se sintió como pedasos de barro rotos. El leviatán imprimió su agudez en el suelo," dijo Jafet.

Jehovah
Jehova

"The leviathan makes the depths churn like a boiling caldron and stirs up the sea like a pot of ointment. Many people believe that the depth had white hair because the leviathan leaves sparkles of flashing light behind it," explained Japheth.

"Nothing on earth is the same like it. It is an animal who is not scared. He looks down on all who are haughty; he is king over all that are proud," said Japheth.

"I thought I could be better than the leviathan and capture him, but he was stronger than I. I thought I could play with him when he frolics in the sea while the ships go to and fro, but I couldn't play with him," said David, Japheth's friend.

Is the leviathan asleep today in the sea? Can he sleep longer than a bear? Will you fight against the leviathan if he stands proud before you?

Throughout the world many have tried to destroy a leviathan. There was only one who was able to destroy the leviathan. The only true all powerful God, Lord of all, crushed the leviathan's heads and gave them to be meat to the people inhabiting the wilderness. Do not be afraid or weary. The Lord will slay the monster of the sea.

"El leviatán agita el mar profundo, como una olla hirviendo ungüento. Muchos moradores creyeron que lo profundo del mar tenia cabello blanco cuando el leviatán nadó cerca y dejo tras el luces brillosas. Nada en la tierra es igual que el, un animal que no tiene miedo. Menosprecia toda cosa arrogante; es rey sobre todos los soberbios," dijo Jafet.

"Yo pensé que podría ser mejor que el leviatán y capturarlo pero el fue mas fuerte que yo. Yo pensé que podría jugar con el cuando el jugaba en el mar mientras las naves navegaban cerca, pero no pude jugar con el," dijo un niño llamado David, amigo de Jafet.

Se encuentra el leviatán dormido hoy en el mar? Puede el dormir mas que un oso? Pelearas contra el leviatán si se levanta soberio delante de ti?

Alrededor del mundo, muchos intentaron destruir el leviatán. Hubo solo uno quien logró destruir el leviatán. El unico verdadero Dios todopoderoso y Señor de todo, quien magulló las cabezas de los leviatanes y los dio por comida a los moradores del desierto.

No tengas miedo ni te canses, el Señor matará el mostruo del mar.

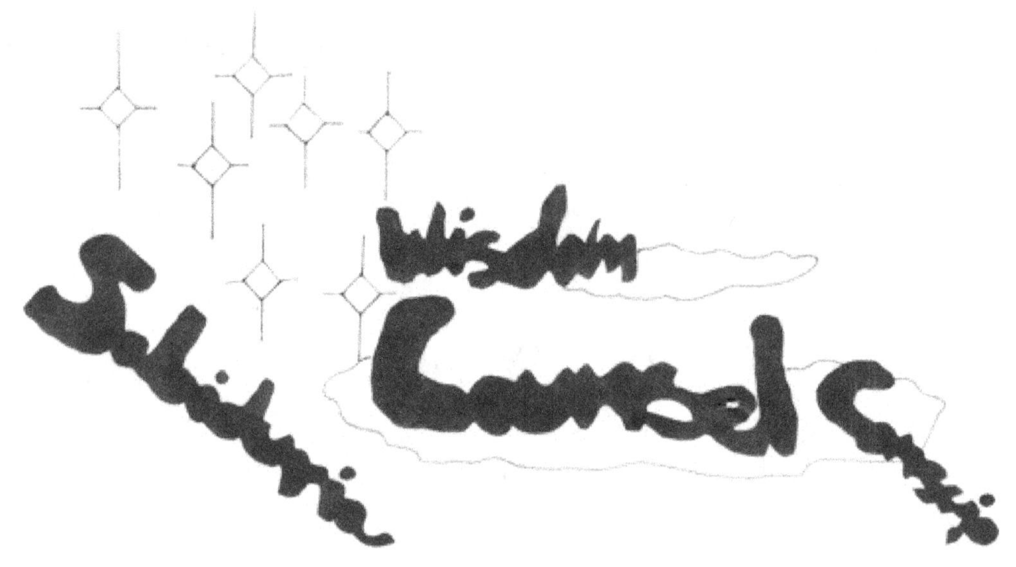
Wisdom
Sabiduría
Counsel Consejo

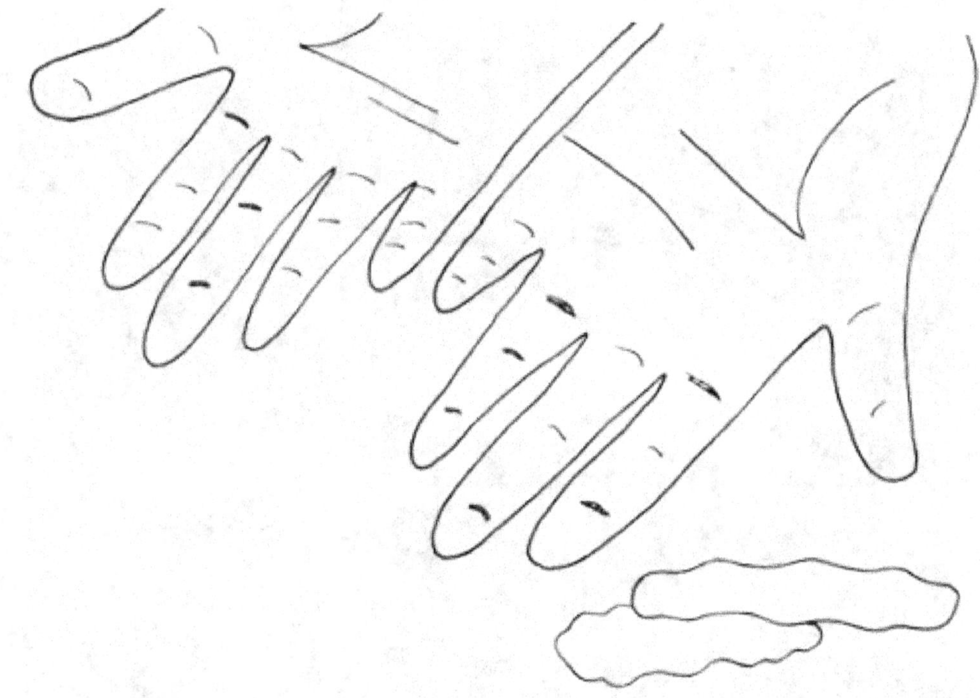

In the land of the promise a woman named Israel fled to the desert from an evil beast dragon with seven heads and ten horns.

A greater dragon gave all its evil power to the beast with seven heads and ten horns and a evil woman sitting on it. It sits in seven hills ruling over kings. Together they made war against the saints and many good people were overcome. Israel hid in the desert with many stars in the mountains for one thousand two hundred and sixty days. She was given wings of great eagle to help her. For it signed for Peace and Prosperity but it was a trick.

The Saints refuse to bow down to an image of the beast who was given breath by the evil beast to deceive many. The Saints didn't take its number, name or pledge allegiance to a one same world government. Will only do so when the real Messiah returns in the sky with the clouds!!

The beast entered the third temple pretending to be the Messiah and the abomination that causes desolation spoken by the prophet Daniel took place, yet the real Saints didn't bow down to it or its image!

When the sun and moon grew dark, and the real Messiah arrived in the sky with the clouds the many evil people and the beast made war with Him but He overcame them!

When all the kings and queens realized that the beast and the world's false prophet were imposters, they hate the beast and the harlot who was riding on the beast. Both were thrown in the lake of fire!

The court was seated, And the books were opened.

Messiah is given all dominion, glory and kingdoms, that all peoples, nations, and languages should serve Him. His dominion is everlasting dominion, which shall not pass away, And His Kingdom the one which shall not be destroyed!

En La Tierra de La Promesa, una mujer llamada Israel huyó hacía el desierto de la bestia dragón que tenía siete cabezas y diez cuernos.

Un dragón más fuerte major le dio todo poder y autoridad maligna a la bestia con siete cabezas y diez cuernos y a la mujer mala que se sienta en la bestia. Se sienta en siete colinas. Juntos hicieron guerra contra la mujer Israel y en contra de todos Los Santos de toda nación y vencieron.

Israel se escondió bien en el desierto con muchos en las montañas por mil doscientos sesenta días. Se les dio alas de águilas para que la ayudara. Pues había firmado un acuerdo de una paz y prosperidad y todo era una trampa.

Los Santos no se inclinaron a la imagen de la bestia que habló porque la bestia le dio soplo maligno.

Los Santos no tomaron su número, ni nombre o hicieron alianza a un solo mismo gobierno mundial hasta que el verdadero Mesías viniera en las nubes en el cielo y sea Su gobierno mundial que no será maligno!

La bestia entró en el tercer templo haciéndose pasar por Dios y la abominación desoladora que hablo el profeta Daniel se cumplió, pero Los Santos verdaderos no se inclinaron.

El sol y la luna oscureció y el verdadero Mesías llegó hicieron guerra en contra de El pero El les venció.

Cuando todos los reyes y reinas se dieron cuenta que la bestia y el falso profeta mundial eran inpostores aborrecieron a la bestia y a la ramera que se sentaba en la bestia. Fueron ambos hechados al lago de fuego!

El Juez se sentó y los libros fueron abiertos. La corte comenzó. El Juez Mesías se le fue dado todo dominio, gloria, y reino.

Y le fue dado todo dominio, gloria, y reino para que todos los pueblos, naciones y lenguas le sirvieran. Su dominio es un dominio eterno, que nunca pasará, y su reino uno que no será destruido.

Daniel 7, 8, 11, 12, Joel 2: 10-11, 2:31, Isaiah/Isaías 13:10-11 Matthew/Mateo 24:29-30, Mark/Marcos 13:24-27, Luke/Lucas 21:25-27 Revelation/Apocalyse 12, 13, 17, 18.

BILINGUAL BIBLE NIV
BIBLIA BILINGÜE REINA VALERA 1960

GENESIS/GÉNESIS1:21
JOB 41
PSALMS/SALMOS 74:14, 104:26
ISAIAH /ISAIAS 27:1
I dedicate this book to my mother Ana Rivera Otero.
Dedico este libro a mi madre Ana Rivera Otero.

www.ingramcontent.com/pod-product-compliance
Lightning Source LLC
Chambersburg PA
CBHW080352030726
47598CB00009B/2721